이 고쳐 선생과 해골투성이 동굴

이 고쳐 선생과 해골투성이 동굴

초판 제1쇄 발행일 1998년 1월 30일
초판 제79쇄 발행일 2022년 3월 20일
글 · 그림 롭 루이스 옮김 김영진
발행인 박헌용, 윤호권 발행처 (주)시공사
주소 서울시 성동구 상원1길 22, 6-8층 (우편번호 04779)
대표전화 02-3486-6877 팩스(주문) 02-585-1247
홈페이지 www.sigongsa.com/www.sigongjunior.com

MR. DUNFILLING AND CAVITY OF DOOM
by Rob Lewis.
First published in the Great Britain by Macdonald Young Books.
Text and Illustrations copyright © Rob Lewis 1995.
All rights reserved.
Korean translation copyright © 1997 by Sigongsa Co., Ltd.
This Korean edition was published by arrangement with Wayland publisher Ltd.,
Hove through Eric Yang Agency, Seoul.

ISBN 978-89-527-8623-4 74840
ISBN 978-89-527-5579-7 (세트)

*시공사는 시공간을 넘는 무한한 콘텐츠 세상을 만듭니다.
*시공사는 더 나은 내일을 함께 만들 여러분의 소중한 의견을 기다립니다.
*잘못 만들어진 책은 구입하신 곳에서 바꾸어 드립니다.

KC마크는 이 제품이 공통안전기준에 적합하였음을 의미합니다.
제조국 : 대한민국 사용 연령 : 8세 이상
책장에 손이 베이지 않게, 모서리에 다치지 않게 주의하세요.

이 고쳐 선생과 해골투성이 동굴

롭 루이스 글/그림 · 김영진 옮김

시공주니어

차례

이 고쳐 선생과 해골투성이 동굴

1.썩은 갑판의 치료비

이 고쳐 선생은 훌륭한 치과 의사였습니다. 이 고쳐 선생은 작고 동그란 안경을 썼고, 이마가 매우 높았습니다. 이 고쳐 선생을 아는 사람들은, 이 고쳐 선생의 이마가 높은 건 두뇌가 명석하기 때문이라고 말했습니다. 이 고쳐 선생은 유명해서 여기저기서 편지도 많이 받곤 했지만, 결코 자랑하지는 않았습니다.

이 고쳐 선생의 환자들은 대개 상냥한 사람들이었고, 이 고쳐 선생이 이를 치료해 주는 것에 감사했습니다. 그런데 "썩은 갑판"이라는 이름의 아주 심술 사납고 야만스런 선장이 있었습니다. 기억력도 무척 나빴죠. 하루는 썩은 갑판 선장이 병원 문을 벌컥 열고는 환자 대기실로 성큼성큼 들어왔습니다.

"치과 의사 어디 있어? 난 이빨이 아파!"

하고 썩은 갑판 선장이 고함을 쳤습니다.

"저… 저기요…, 차례가 있는데요……."

하고 접수원인 달달 부인이 말했습니다.

"차례 따윌 기다릴 시간 없단 말이야."

하고 썩은 갑판은 고함을 쳤습니다. 그리고 진료실

로 들어가서 환자 의자에 앉았습니다.

"자, 이 고칠 선생. 난 이빨이 아파. 빨리 고쳐 줘."

"이 고친데요."

"뭐? 이 고쳤다고? 벌써? 그렇게 후닥닥 해치우고
나서 내가 치료비를 낼 거라곤 생각도 하지 마!"

하고 썩은 갑판이 말했습니다.

"아니, 제 이름이 이 고쳐입니다."

이 고쳐 선생이 한숨을 내쉬며 말했습니다.

"이 고쳐라고? 우하하하, 정말 웃기는 이름이야."

하고 썩은 갑판이 말했습니다.

이 고쳐 선생은 충치를 살펴보고는,

"치료를 많이 하셔야겠는데요. 벌레가 거의 다 먹었어요."

하고 말했습니다.

"돈이 많이 들겠지?"

라고 썩은 갑판 선장이 수상쩍어하며 물었습니다.

"글쎄요⋯⋯."

"그렇다면⋯, 그냥 뽑아 버려!"

썩은 갑판 선장이 말했고, 이 고쳐 선생은 선장이 요구하는 대로 해 주었습니다.

"치료비는 그 이빨이다."

썩은 갑판 선장은 이렇게 말하며 이 고쳐 선생이

손을 씻고 있는 동안에 진료실을 박차고 나가 버렸습니다.

"이 이를 보관 상자에 넣어 두거라, 리키. 썩은 갑판 선장이 야만스럽고 건망증이 심한 데다 성미까지 고약한 건 아닌가 걱정이다."

라고 이 고쳐 선생이 말했습니다.

리키는 이 고쳐 선생의 조수였습니다. 방학 동안에 이 고쳐 선생의 일을 도우려고 와 있었습니다. 리키는 장래에 치과 의사가 되고 싶다는 꿈을 가지고 있었습니다. 리키는 썩은 갑판 선장의 이를 자세히 살펴보았습니다.

 "저… 선생님…, 이 안에 뭔가가 들어 있는 것 같은데요."

라고 리키가 말했습니다.

 "그게 무슨 소리니?"

라고 이 고쳐 선생이 놀라서 물었습니다.

 이 고쳐 선생은 돋보기로 썩은 갑판의 이를 면밀히 조사했습니다. 이 안에는 돌돌 말린 작은 종이 조각이 있었습니다.

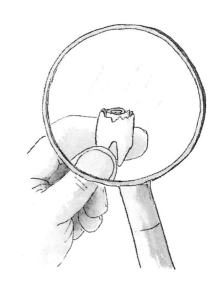

 "보물 지도예요! 썩은 갑판 선장이 이 사실을 알고 있었을까요?"

리키는 숨을 헐떡거리며 말했습니다.

"아무튼 치료비로 이 이를 가지라고 한 건 분명하니까. 썩은 갑판 선장은 생각만큼 성미가 고약한 사람이 아닌가 보다."

이 고쳐 선생이 빙그레 웃으며 말했습니다.

이 고쳐 선생은 지도를 찬찬히 들여다보았습니다.

"나도 휴가를 떠날 때가 됐지. 보물섬으로 여행을 떠나고 싶지 않니, 리키?"

라고 이 고쳐 선생이 말했습니다.

"굉장할 거예요, 선생님."

리키가 신이 나서 말했습니다.

"물론 너희 부모님께 먼저 여쭤 봐야 해. 그리고 너희 부모님께서 허락하시면, 그 다음에는 배를 한 척 빌려야 하고. 나는 오늘 오후에 항구에 가 볼 작정이란다."

항구에서 이 고쳐 선생은, 빌릴 만한 배들이 모두 무척이나 비싸다는 사실을 알았습니다.

"배를 찾고 계신다굽쇼?"

음흉해 보이는 선원 하나가 말을 붙여 왔습니다.

"저만 따라오십쇼."

　라고 선원이 말했습니다.

　이 고쳐 선생은 선원을 따라서, 커다랗고 녹이 슨
"둔한 날치호"라는 이름의 배가 정박되어 있는 곳으
로 갔습니다.

　"이 배가 겉에서 보기엔 시시하지만 속은 멀쩡합니
다요."

　라고 선원이 말했습니다.

　"이걸로 하지요."

이 고쳐 선생은 이렇게 말하며, 갑자기 사라져 버린 선원을 두리번두리번 찾았습니다.

"물론 약간의 나무 벌레들은 있는 법입죠."

라는 소리와 함께 갑판에 구멍이 생기며 거기에서 선원의 머리가 불쑥 나왔습니다.

2.추격 또 추격

"그 썩어 문드러질 지도는 대체 어디 있는 거야!"

썩은 갑판 선장은 화가 나서, 항해용 수납 상자가 썩어 문드러지기라도 했다는 듯이 창 밖으로 집어던지며 소리를 질렀습니다.

"선장님! 선장님이 아무도 못 찾을 데에다 숨겨 두었다고 했잖아요."

라고 일등 항해사가 말했습니다.

"지금은 나도 못 찾겠단 말이야!"

하고 선장이 고래고래 고함을 질렀습니다. 그 때,

"똑똑" 하고 문을 두드리는 소리가 났습니다. 이 고

쳐 선생이 항구에서 만난 바로 그 선원이었습니다.

"뭐냐, 쉰 밥통?"

하고 썩은 갑판 선장이 거칠게 물었습니다.

"죄송하지만, 선장님, 선장님께 드릴 말씀이 있는
뎁쇼. 오늘 오후에 치과 의사라는 수상한 작자가 배
를 빌리러 왔었습니다요."

라고 쉰 밥통이 말했습니다.

"내 이빨! 그 망할 치과 의사가 그 썩어 문드러질
지도를 낚아챈 거야!"

썩은 갑판 선장은 쉰 밥통의 목을 움켜잡으며 우레
와 같이 소리를 질러 댔습니다.

"대체 어떤 놈이 그 자식
한테 배를 빌려 줬냐?"

"죄, 죄… 죄송합니다요,
선장 나리님."

쉰 밥통은 목이 졸려서
캑캑거리며 말했습니다.

22

"어서 부두로 가서 그 녀석이 못 떠나게 해야 해."

라고 썩은 갑판 선장은 투덜거리며 쉰 밥통을 마룻바닥에 세게 내동댕이쳤습니다.

썩은 갑판 선장 일행이 부두에 도착했을 때에는, "둔한 날치호"도 이 고쳐 선생도 흔적조차 남아 있지 않았습니다. 이 고쳐 선생이 저녁 밀물을 타고 떠난 뒤였습니다.

"망할! 썩어 문드러질!"

하고 선장이 으르렁거렸습니다.

"걱정을 맙쇼, 선장님. 제가 그 녀석한테 '둔한 날치'를 줬습죠. 그 배는 하루도 버티지 못합니다요!"

라고 쉰 밥통이 말했습니다.

"그럼, 빨리 그 녀석을 쫓아가야겠군. 안 그러면 내 지도가 바다 밑으로 사라져 버리고 말겠어!"

라고 이를 갈며 썩은 갑판 선장이 말했습니다.

찰랑찰랑 들려 오는 물소리에 이 고쳐 선생은 잠에서 깼습니다. 그러고는 그 소리가 바로 귓가에서 찰랑거리는 물소리라는 것을 즉시 알아챘습니다. 배에 구멍이 뻥 뚫려 버린 것이었습니다. 이 고쳐 선생은 갑판에 있는 리키를 불렀습니다.

"뭐, 별로 놀랍지도 않네요. 이럴 줄 알았어요. 다 선생님의 의료 기구가 무거워서예요. 왜 저것들을 죄다 가져오셨어요?"

"언제 쓸모가 있을지 모르잖니. 예컨대, 구강용 흡인 펌프는 이 물을 빼내는 데 쓸 수도 있고 말이야."

이 고쳐 선생은 우선 배 밖으로 물을 모두 빼냈습니다. 그러고 나서 갑판을 수리하는 일에 착수했습니다. 그 동안에 리키는 망을 보았습니다. 사실 이런

작업은 치과에서 이를 치료하는 과정과 매우 비슷했
습니다.

"이 고쳐 선생님!"

하고 리키가 다급하게 불렀습니다.

"우리를 따라오는 배가 있는 것 같아요."

이 고쳐 선생은 망원경을 들고 바라보았습니다.

"썩은 갑판 선장이 지도를 어디다 두었는지 기억해 낸 것 같구나. 곧 우리를 따라잡을 것 같은데……."

라고 이 고쳐 선생이 걱정스럽게 말했습니다.

"드릴로 프로펠러를 만들면 되겠어요!"

리키가 환하게 웃었습니다.

"대단하구나! 드릴 끝에 매달 것만 있으면 되겠어."

라고 이 고쳐 선생이 말했습니다.

이 고쳐 선생과 리키는 가져온 짐 가방을 샅샅이 뒤졌습니다. 그리고 마침내, 이 고쳐 선생의 나비 넥타이를 찾아 냈습니다. 이 고쳐 선생과 리키는 드릴 끝에다 나비 넥타이를 매달고 나서 드릴을 배 뒤쪽에 묶었습니다. 나비 넥타이는 빙글빙글 잘도 돌았

고, 이 고쳐 선생의 배는 훨씬 더 빠른 속도로 나아

가기 시작했습니다. 얼마 안 있어, 썩은 갑판 선장의

배는 수평선 위의 작은 점처럼 보이게 되었습니다.

　한편, 썩은 갑판 선장의 배에서는 선장이 화를 내

고 있었습니다.

　"저 배는 느려 터졌다고 했잖아! 근데 우리보다 더

빨리 가잖아!"

　"죄송합니다요, 선장 나리님. 그 녀석이 속도 내는

방법을 찾았나 봅니다요."

　라며 쉰 밥통은 벌벌 떨었습니다.

　"너도 속도 내는 방법을 찾는 게 좋을 거다. 안 그

러면 내가 이 구둣발로 널 날려 버릴 거다. 저 배 밖

으로 말이다!"

라고 선장이 협박하듯이 말했습니다.

쉰 밥통은 선실 구석에 있는 선장의 자전거를 힐끔 훔쳐보았습니다.

"저…, 선장 나리님. 저한테도 생각이 있긴 한뎁쇼……."

라며 쉰 밥통은 겁을 잔뜩 집어먹고 더듬더듬 말했습니다.

마침내, 선장의 자전거와 지칠 대로 지친 쉰 밥통

덕분에, 썩은 갑판 선장 일행은 간신히 이 고쳐 선생
의 배를 놓치지 않고 보물섬에 닿을 수 있었습니다.

3.밀림을 지나, 공룡을 물리치고……

 이 고쳐 선생과 리키는 섬이 보이자 닻을 내리고 해변으로 노를 저어갔습니다. 해변에서 이 고쳐 선생과 리키는 보물 지도를 유심히 들여다보았습니다.
 "보물이 숨겨진 동굴에 가려면 밀림을 통과해야겠구나. 뱀이나 거미를 조심하거라."
 라고 이 고쳐 선생이 말했습니다.
 "앗, 이 고쳐 선생님!"

리키가 이 고쳐 선생의 머리 위에 앉아 있는 커다란 거미를 가리키며 말했습니다.

"그래! 모자를 써야겠어. 안 그러면 새까맣게 타고 말 거야."

이 고쳐 선생은 거미 위에다 모자를 덮었습니다.

  이 고쳐 선생과 리키는 밀림의 수풀을 헤쳐 나갔습
니다. 그러다 강에 이르렀습니다.

  "어떻게 건너죠?"

  라고 리키가 물었습니다.

  "문제없어. 나를 꽉 잡고만 있어. 이 덩굴을 타고
강을 건널 테니까."

  라고 이 고쳐 선생은 자신있게 말했습니다.

  "이 고쳐 선생님. 저… 저건…, 배……."

라고 리키가 말했지만, 이 고쳐 선생은 이미 리키를 꼭 끌어안고 강 저편으로 휙 건너갔습니다.

"봤지? 쉽잖아. 너 좀 창백해 보이는구나. 잠깐 쉬는 게 좋을 것 같다. 나도 머리가 가렵고 말이야."

라고 말하며 이 고쳐 선생은 모자를 벗어서 내려놓고 이마를 닦았습니다.

이 고쳐 선생의 모자는 썩은 통나무 아래로 슬금슬금 기어갔습니다.

"서둘러야 하지 않을까요? 썩은 갑판 선장은 어떻게 됐을까요?"

라고 리키가 물었습니다.

"걱정 마라. 분명히 망망대해에서 우릴 놓쳐 버렸을 거다."

이 고쳐 선생은 미소를 지었습니다.

하지만 리키는 그렇게 분명한 확신이 들지는 않았습니다.

물을 한 잔 마시고 잠시 쉬고 나서 이 고쳐 선생과

리키는 탐험을 계속했습니다. 머리 위로는 박쥐들이 날아다녔습니다.

"동굴은 틀림없이 가까이에 있어."

라고 이 고쳐 선생이 말하자 리키도 말했습니다.

"뭣 때문에 이렇게 조용한 걸까요? 쥐새끼 한 마리도 없는 것 같아요."

그 때 갑자기, 끔찍한 울부짖음이 들렸습니다.

"저것 때문이군."

이 고쳐 선생은 침을 꿀꺽 삼켰습니다.

때마침 이 고쳐 선생과 리키는 절벽 정면에 있는 동굴을 보았습니다. 하지만 무시무시한 그림자에 두 사람은 발을 멈추었습니다. 바로 커다란 공룡의 그림자였습니다.

"빨리 숨어야겠다."

라고 이 고쳐 선생이 말했습니다. 하지만 너무 늦었습니다. 공룡은 이미 이 고쳐 선생과 리키를 발견했습니다.

"영화를 찍고 나서 두고 간 공룡이 아닐까?"

라고 이 고쳐 선생이 말했습니다.

"어떤 공룡이든, 지금은 배가 고픈가 봐요. 먹을 것 좀 가져 오셨어요?"

라고 리키가 벌벌 떨며 말했습니다.

"작은 꾸러미 하나만 겨우 챙겼어. 남은 거라곤 치약 약간뿐인데. 이게 효과가 있어야 할 텐데. 저 공

룡이 박하향을 좋아했으면 좋겠구나."

　이 고쳐 선생이 치약을 꺼내서 바위 위에다 짜냈지
만 치약은 공룡의 먹이처
럼 보이지 않았습니다. 공
룡은 치약 냄새를 맡고 바
위 위로 껑충 뛰어올랐습
니다. 그러는 사이에 이

고쳐 선생과 리키는 덤불 뒤로 숨었습니다. 공룡은
치약을 반가워하는 것 같
았습니다. 그리고 공룡은

나뭇가지를 집어들고 그
걸로 입을 문지르기 시작
했습니다. 이 고쳐 선생은
경탄했습니다.

"이를 닦고 있구나! 서두르자! 공룡이 양치질을 하느라 바쁜 사이에 동굴 안으로 빨리 들어가야 해."

두 사람은 동굴 안으로 걸음을 재촉했습니다.

"조심해라. 덫이 있을지도 몰라."

라고 말하며 이 고쳐 선생은 돌로 된 잠금장치에 걸려 넘어졌습니다.

바로 그 순간, "우르릉 꽝꽝" 하는 요란한 소리와 함께 돌로 된 커다란 동굴문이 닫혔고, 이 고쳐 선생과 리키는 캄캄한 어둠 속으로 굴러떨어졌습니다.

"어이쿠!"

라고 이 고쳐 선생이 신음했습니다. 그리고 더듬더
듬 주머니를 뒤졌습니다.

"다행히, 내가 치과용 특수 전등을 가져왔단다."

이 고쳐 선생은 가느다란 전등으로 벽을 비추었습
니다. 벽에는 온통 괴상한 조각들이 덮여 있었고, 다

른 곳으로 이어지는 수많은 통로가 나 있었습니다.

"이러다 정말 길을 잃겠어요."

라고 리키가 말했습니다.

"다행히, 내가 초대형 치실 꾸러미를 가져왔단다."

라고 말하며 이 고쳐 선

생이 빙긋 웃었습니다.

이 고쳐 선생은 치실의

한끝을 바위에다 묶고는

동굴에 나 있는 길을 탐험

하기 시작했습니다. 잠시 후에, 이 고쳐 선생과 리키

는 막다른 벽에 다다랐는데, 그 벽에는 비밀 문자가

가득 적혀 있었습니다. 이 고쳐 선생과 리키의 앞에

는 "오시여 을문 러눌 를추단"이라고 적힌 커다란

글자가 있었습니다.

"무슨 뜻일까요?"

라고 리키가 물었습니다.

"내가 알 수도 있을 것 같은데……."

라고 이 고쳐 선생이 생각에 잠겨 말했습니다. 이
고쳐 선생은 치과에서 사용하는 반사 거울을 주머니
에서 꺼냈습니다. 그리고 거울을 옷소매로 깨끗이
닦아서는 비밀 문자를 비추어 보았습니다.

"으음, 내 생각에, 이건… 거울 문자다. '단추를 눌
러 문을 여시오' 라고 쓰여 있어."

이 고쳐 선생과 리키는 벽을 여기저기 살펴보았습
니다. 아니나다를까, 벽 아래쪽에는 돌로 된 단추가
있었습니다.

리키가 그 단추를 눌렀습니다. 그리고 두 사람은
무슨 일이 벌어지는지 지켜보았습니다. 벽이 삐걱삐

걱 소리를 내며 스르르 미끄러지듯 열렸습니다. 벽 뒤에 있는 방에는 해골이 가득했고, 해골들은 오도 카니 두 사람을 바라보고 있었습니다.

4.해골의 비밀

썩은 갑판 선장 일행은 섬에 도착하자, 이 고쳐 선생이 밀림을 지나갔다는 것을 쉽게 알 수 있었습니다. 얼마 안 있어 선장 일행은 강에 다다랐고, 썩은 갑판 선장은 예리한 두 눈으로 건너편 둔덕에 있는 이 고쳐 선생의 모자를 알아보았습니다.

"우리가 제대로 가고 있군. 이 강을 건너야겠어."

라고 썩은 갑판 선장이 말했습니다.

"이 덩굴을 타고 건너면 되겠는뎁쇼."

라고 쉰 밥통이 말했습니다.

"그건 덩굴이 아니라 뱀이다, 이 멍청아."

라고 선장이 말했습니다.

"사람 살려!"

쉰 밥통은 비명을 지르며 선장의 품으로 펄쩍 뛰어

들었습니다. 뱀은 썩은 갑판 선장을 보며 "쉬익" 하

는 소리를 냈습니다. 그러자 썩은 갑판 선장도 맞받

아서 "쉬익" 하는 소리를 냈습

니다. 뱀은 깜짝 놀라

서 슬금슬금 도망쳤

습니다.

썩은 갑판 선장은 자

기한테 매달려 있는

쉰 밥통을 떼어 내며

"걸어서 건너가자."

하고 말했습니다.

"하지만 선장님, 악어가 있을 텐데요."

하고 일등 항해사가 말했습니다.

"닥치고 따라오기나 해!"

라고 선장이 화를 내며 고함을 질렀습니다.

선원들은 겁에 질려서, 강을 건너는 선장을 따라갔습니다. 악어들이 구슬 같은 눈을 반짝이며 일행을 쳐다보더니, 조금씩조금씩 가까이 헤엄쳐 오기 시작했습니다.

하지만 썩은 갑판 선장이 악어들을 매섭게 노려보자, 악어들은 재빨리 헤엄쳐 도망갔습니다. 강을 건너고 나서 일행은 휴식을 취하기로 했습니다.

"선장님 선장님, 그 치과 의사 녀석의 모자가 움직입니다요!"

라고 쉰 밥통이 당황하여 말했습니다.

"헛소리하지 마."

하고 말하며 썩은 갑판 선장이 쉰 밥통에게 모자를 던졌습니다. 그 바람에 모자 밖으로 튕겨나온 거미가 쉰 밥통의 코에 맞았습니다.

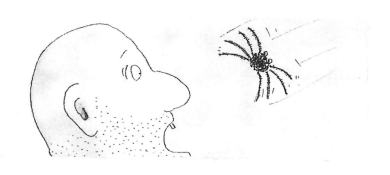

"사람 살려! 독거미에 물렸어!"

라고 쉰 밥통이 비명을 질러 댔습니다.

"저건 그냥 무지개 거미야."

라고 썩은 갑판 선장이 말했습니다.

"제 눈에는 검게 보이는뎁쇼."

하고 쉰 밥통이 대꾸했습니다.

"거미의 색깔 때문에 그런 이름이 붙은 게 아니란 말이야!"

하고 선장이 험악하게 말했습니다.

얼마 안 있어, 일행은 절벽 정면에 이르렀습니다. 또 얼마 안 있어, 공룡도 발견했습니다.

"엄청난데요."

라고 일등 항해사가 말했습니다.

"저 번쩍이는 하얀 이빨 좀 보십쇼."

라고 쉰 밥통이 숨을 헐떡이며 말했습니다. 쉰 밥통은, 아직까지도 손은 푸르딩딩하고 발은 불그죽죽하고 귀는 푸르죽죽하고 얼굴은 누르팅팅했습니다.

"공룡은 우리 따위 신경도 안 써!"

라고 썩은 갑판이 으르렁거리며 소리를 질렀습니다. 그리고 행진하듯 공룡에게 다가갔습니다. 공룡이 우렁차게 울부짖었습니다. 그러자 썩은 갑판 선장은 맞받아서 더 우렁차게 울부짖었습니다. 공룡은 허둥지둥 도망가, 나무 사이 어딘가에 숨어 버렸습니다.

썩은 갑판 선장 일행은 흙 위에 난 이 고쳐 선생의 발자국을 밟아서 절벽까지 갔습니다. 절벽의 아래쪽에는 돌 문이 덜 닫혀서 생긴 좁은 틈이 있었습니다.

"여길 빠져 나가다니, 그 치과 의사 녀석도 엄청 마른 게 분명해."

라고 말하며 선장은 둥글넙적한 돌 위에 주저앉았

습니다. 그러자 갑자기 거대한 바위 조각이 삐걱삐걱하더니 절벽에 난 틈이 벌어지며 동굴의 입구가 드러났습니다.

일행은 손전등을 켜고 이 고쳐 선생의 치실을 따라갔습니다. 그러다 쉰 밥통이 큰 소리로 말했습니다.

"여깁니다요, 선장님! 벽에 비밀 문자가 적혀 있는뎁쇼."

일행은 자세히 들여다보았습니다. 거기에는 "오시마 지대손"이라고 적혀 있었습니다.

"여기에 보물이 묻혀 있는가 봅니다."

라고 일등 항해사가 말하며 벽에 있는 돌로 된 작은 단추를 눌렀습니다. 그러자 "덜컹덜컹" 하는 소리가 나고 "우르릉 쾅쾅" 하는 소리가 나더니, 갑자기 돌 무더기가 썩은 갑판 선장 일행의 머리 위로 쏟아져 내렸습니다.

썩은 갑판 선장이 흙먼지와 돌을 떨어내며 고함쳤습니다.

"잘했다, 잘했어! 누를 단추가 또 있으면 이번엔 내가 누르겠다, 이 멍청한 놈아!"

"여기 보십쇼, 선장님. 새 암호가 있는뎁쇼."

라고 쉰 밥통이 말했습니다. 첫 번째 암호 밑에는 "음했고경"이 적혀 있었습니다.

일행은 돌이 쏟아지는 것 따위에는 더 이상 신경쓰지 않고 계속 치실을 따라갔습니다. 멀리서 가물거리는 불빛이 보였습니다.

"귀신이다!"

라고 말하며 일등 항해사가 끙끙거렸습니다.

"헛소리하지 마! 이 고쳐 녀석일 뿐이다. 마침내 우리가 그 녀석을 따라잡은 거야!"

라고 썩은 갑판 선장이 말했습니다.

이 고쳐 선생과 리키는 돌이 떨어지는 소리를 듣고 썩은 갑판 선장이 자기들을 쫓아왔다는 것을 알아차 렸습니다. 두 사람은 주위를 둘러보며 숨을 만한 곳 을 찾아보았습니다.

썩은 갑판 선장이 해골로 가득 찬 방에 들어갔을 때에, 이 고쳐 선생과 리키는 없었습니다. 선장 일행 은 미심쩍어하며 주위를 둘러보았습니다.

"에이취!!"

한쪽 구석에 세워져 있는 미라 관에서 소리가 났습 니다. 뚜껑이 삐걱삐걱 소리를 내며 천천히 열렸고,

일등 항해사와 쉰 밥통은 기절을 하고 말았습니다.
관 안에는 이 고쳐 선생과 리키가 비집고 들어가 있
었습니다.

"하! 하! 날 보니 놀랍느냐? 자, 보물을 나한테 넘
기시지!"
라고 썩은 갑판 선장이 소리를 질렀습니다.
"저…, 그게요…, 전 못 찾았는데요."
라고 이 고쳐 선생이 겁을 집어먹고 말했습니다.

"감췄군. 저 녀석들을 묶을깝쇼, 선장님?"

라고 쉰 밥통이 바닥에서 일어나며 말했습니다.

"여기 좀 보십시오, 선장님. 단추와 비밀 문자가 또 있습니다."

라고 일등 항해사가 방의 한쪽 구석에 우묵하게 들어간 곳을 가리키며 말했습니다.

"보물이 있는 곳이 틀림없다! 이번엔 내가 직접 단추를 누르겠다!"

라고 선장이 낮은 목소리로 말했습니다.

"저라면 안 그럴 텐데요……"

하고 이 고쳐 선생이 말했습니다. 벽에는 "곳 는가 나"라고 적혀 있었습니다.

"저 녀석은 혼자 보물을 차지하고 싶은 겁니다요!"

라고 쉰 밥통이 말했습니다. 썩은 갑판 선장은 단

추를 눌렀습니다. 순식간에 선장 일행은 바닥에 난
구멍으로 사라졌습니다. 첨벙! 썩은 갑판 선장 일행
은 저 아래 바다에 떨어져 버렸습니다.

"망할! 썩어 문드러질!"

하는 누군가의 목소리가 울려퍼졌습니다.

"저 사람들 괜찮을까요, 선생님?"

하고 리키가 물었습니다.

"이건 바다로 이어지는 동굴이 분명해. 아무튼, 수영해서 빠져나가는 데에 얼마 안 걸릴 거야."

라고 이 고쳐 선생이 말했습니다.

"아무짝에도 쓸모없는 여행을 한 것 같아요."

하고 리키가 서글프게 말했습니다.

"상심 말거라. 우린 굉장한 모험을 한 거야."

하고 이 고쳐 선생이 말했습니다.

이 고쳐 선생과 리키는 돌아가려고 몸을 돌렸습니다. 그러다 이에 관심이 많은 치과 의사 이 고쳐 선생은 해골의 이빨을 들여다보았습니다.

이 고쳐 선생은 해골의 충치를 하나하나 들여다보며 말했습니다.

"확실히 이 사람은 치료를 받아야 했어. 나였으면 정말 멋지게 치료해 줬을 텐데. 잠깐만. 뒤에 뭔가가 있는 것 같아……."

이 고쳐 선생과 리키가 결국 보물을 찾아 냈는지는 아무도 모릅니다. 이 고쳐 선생과 리키는 썩은 갑판 선장의 배를 타고 집으로 돌아와서는, 보물섬을 찾아 떠났던 모험을 비밀에 부쳤습니다. 썩은 갑판 선장이 돌아올 경우를 대비해서였죠. 다만 리키는 새로 나온 자전거를 샀고, 이 고쳐 선생은 병원에 치료받으러 오는 사람들의 충치를 모두 금니로 바꿔 주었다고 합니다.

옮긴이의 말

커다랗지도 사납지도 않았던 이빨투성이 괴물의 이빨을 치료했던 용감한 이 고쳐 선생이 이번에는 보물섬으로 모험을 떠났습니다.

머리카락 숱은 적지만 따뜻한 마음을 듬뿍 가진 이 고쳐 선생과 착한 리키는 우연히 보물 지도를 손에 넣게 됩니다. 성미가 고약하고 건망증이 심한 썩은 갑판 선장이 치료비 대신이라며 던져 준 충치 안에 보물 지도가 숨겨져 있었거든요.

마냥 착하기만 해서 속은 줄도 모르며 배를 타고 보물섬으로 향하는 두 사람. 그리고 보물이 있는 동굴까지 두 사람을 기다리고 있는 갖가지 장애들. 하지만 우리의 이 고쳐 선생은 치과 의사로서의 재능을 여기, 망망대해와 밀림과 미로의 동굴 속에서도 발휘합니다.

직업 의식이 투철하면 보물도 얻게 되는 걸까요? 그리고 직업 의식이 투철한 사람은 보물을 얻어도, 그걸 다른 사람들과 나누어 가지는 걸까요? 여러분도 이 고쳐 선생 이야기의 이번 권에서 펼쳐지는 엎치락뒤치락하는 모험의 주인공이 되어 보세요.

김영진